KB061126

기다림이 힘이다

나남
nanam

나남시선 87

기다림이 힘이다

2017년 9월 8일 발행
2017년 9월 8일 1쇄

지은이　김홍섭
발행자　趙相浩
발행처　(주) 나남
주소　10881 경기도 파주시 회동길 193
전화　(031) 955-4601 (代)
FAX　(031) 955-4555
등록　제 1-71호(1979.5.12)
홈페이지　http://www.nanam.net
전자우편　post@nanam.net

ISBN 978-89-300-1087-0
ISBN 978-89-300-1069-5(세트)
책값은 뒤표지에 있습니다.

기다림이 힘이다

김홍섭 시집

나남
nanam

순정한 시심에 부쳐

서승석 시인
문학박사
문학평론가

"그 하룻밤, 그 책 한 권, 그 한 줄로 혁명이 가능해질지도 모른다. 그렇다면 우리가 하는 일은 무의미하지 않다"고 프리드리히 니체는 말하였다. 글쓰기 행위에 대한 명쾌한 해석이다. 세상을 변화시키고 우리의 삶을 바꿀 수 있는 시적 섬광이 넘치는 글을 쓸 수 있다는 것은 축복받은 일이다. 인천대 교수 김홍섭은 2010년 발간된 그의 첫 번째 시집 《오후의 한때가 오거든 그대여》에 이어서, 이번에 《기다림이 힘이다》라는 두 번째 시집을 선보인다.

순수함과 거룩함으로 점철된 김홍섭의 시세계는 '기다림의 미학'으로 특징지어진다. 《기다림이 힘이다》라는 이 시집 제목이 시사하듯, 그의 시에서 가장 빈번하게 출현하는 시어 '기다림'은 그의 시적 주제로 깊게 자리 잡고 있다. 그는 기다린다. 애벌레가 나비가 되어 날아오르기를 기다리고, 시적 사유와 언어의 힘을 통해 억압 없는 사회가 실현되기를 기다린다. 메시아와 초인을 기다리고, 사랑이 충만한 유토피아가 도래하기를 한없이 기다린다. 그러나 그의 기다림은 사무엘 베케트의 《고도를 기다리며》에서처럼 처절하지도 절망적이지도 않다. 그의 해맑은 심성은 거친 세상에서도 비극적인 세계관에 침윤되지 않아, 그의 기다림의 끝에는 연둣빛 희망의 바람이 불고 있다.

고결한 선비다운 김홍섭의 시는 비교적 쉬운 언어로 일상을 간결하게 스케치하기도 하고, 철학적이고 사색적인 언어로 종교적인 성찰, 사회적인 번뇌, 존재론적인 질문들을 심층적으로 다루기도 한다. 특히 주목해야 할 것은 그의 시적 영감의 기저로 작용하는 '함께'라는 동료의식(〈밤이 내리는 소리〉, 〈함께 달리는 바람〉)과, 시간에 대한 탐색(〈세월이 내린다〉)이다.

마리 로랑생의 수채화 빛 색채로 루체른 호숫가의 풍경을 부드럽게 소묘하는 시 〈달빛 협주〉는 독자에게 서정시를 읽는 진정한 즐거움을 선사한다.

달빛은
은은히 내려앉는다

작은 시냇물 소리로
작은 산새 소리로
작은 빗소리로

은은한 달빛으로
별빛으로 건반에 부서지며

어느 잎새들의
반짝거림으로
물의 출렁거림으로

달빛은 춤춘다
노래한다
달려 나간다
　　　　　　　　　　　— 〈달빛 협주〉 부분

　호수에 내리는 달빛을 보며 시적 화자는 만나고 헤
어지는 우주만물의 섭리를 안단테 칸타빌레로 연주하
고 있다. 루체른 호수라는 시적 공간에 새소리, 물소
리, 빗소리로 내려앉는 달빛을 달리고 노래하고 춤추

는 율동적인 이미지로 형상화시키며, 청각적 이미지와 시각적 이미지의 공감각화를 훌륭하게 이루어 내고 있다.

　김홍섭의 시에서는 겨울 숲의 노래가 들려온다. 가만히 귀 기울여 들어 보면, 헐벗은 겨울나무들이 서로가 서로를 위로하고, 행여 자신이 너무 돋보이지 않을까 염려하며 목소리를 낮추어 빚어내는 천상의 고운 멜로디가 독자들의 얼어붙은 가슴에 깊이 파고든다. 젊은 날의 격정적인 사랑은 물론, 때로 절망적인 절규조차 그의 시 안에서는 한결 순화되어, 그 합창곡의 따스한 화음 속에 녹아들어 애잔한 여운으로 반향한다. 우주의 총체성 안에서 인간을 인지하고 자신의 현존을 자각하려는, 그의 탁월한 서정적 감각으로 심화된 탐색의 결과이리라. 또한 그의 시세계에서 시적 화자는 결코 혼자 노래하지 않는다. 바람과 함께 불고 비와 함께 내린다. 그의 시 화단은 그다지 화려하지 않으나 매우 조화롭다. 앞다투어 핀 들꽃들이 하나하나 제 목숨을 다하여 곡진히 꽃을 피워 올렸으나 스스로를 드러내지 않는 야생화들처럼, 각자 그저 최선을 다하여 자신의 소명을 다하고 스러질 뿐이다. 그들은 타자와 함께 더불어 사는 아름다움의 미덕을 알기 때문이다.

　김홍섭의 고결한 시정신과 순결한 언어감각이 돋보
이는 대표 시 〈산〉을 들어 보자.

　　서로의 그림자 되어 주는
　　서로의 바닥이 되어 주는
　　산

　　서로 밑에 처하고자 하는
　　흙들 돌들 바위들

　　저 능선의 침묵
　　저 산등성이의 춤

　　서로 섬기고자
　　서로 낮은 곳에 앉기를
　　서로 밀어 올리는

　　서로를 끌어 올려
　　마침내 정상에 나무와 꽃을 피워

　　상징의 바위로
　　하늘과 만나며 바람과 교호하며

일망무제
무애의 꿈이여
우주와 하나 되는 흙, 돌, 바위

서로의 그림자 되어 주는
서로의 바닥이 되어 주는
산
　　　　　 ―〈산〉 전문

　지순한 영혼의 메아리 같은 앞의 시에서, 우리는 시
인의 순정한 시정신의 깊이를 가늠해 볼 수 있다. 서
로가 서로의 그림자와 바닥이 되어 주고, 서로서로 섬
기고 떠받들어 오름 오르는, 그래서 하나가 되어 마침
내 정상에 올라 우주만물과 합일을 이루는 이 숭고한
시적 이미지는 김흥섭 시세계의 최고 경지를 이루고
있다. 이 '낮아짐'의 시제는 시 〈오체투지〉에로 이어
지고 있다("낮추고 내리어/ 저 깊은 심연의 영원으로/ 깊
은 밤 통곡으로"). 오체투지의 자세와 뜨거운 가슴으
로, 분단된 조국의 산하를 지키고 민초들의 아픔을 어
루만지려는 의지가 충만하다.
　김흥섭 문학이 지향하는 세상은 인간이 각자 독립
적으로 존재하나 고립적이지 않고 서로 끈적끈적한

관계로 뒤얽혀 사는, '사랑으로 하나가 되는 세상'이다. 〈커플 티〉, 〈할아버지 시계〉, 〈사랑하는 장모님〉에서와 같은 가족애의 순환구조를 다룬 일련의 시에서도, 그의 인간애와 인류애를 엿볼 수 있다. 언제나 크나큰 기쁨으로 달려오는 가족과의 연결고리는 바로 시적 화자를 세상과 이어 주는 근원적 사랑의 다리 역할을 한다. 이 사랑은 곧 그를 에워싼 사물과 자연, 그리고 우주로 점진적으로 확장된다. 인간의 갈등과 모순을 해소하고, 인류의 고통과 삶의 질곡에서 해방되는 방법은 오직 사랑뿐이라는 것을 시인은 알고 있기 때문이다.

보들레르는 시인을 지상으로 추방된 앨버트로스에 비유하였다〔"시인도 구름의 왕자와 같아서/ 폭풍우를 다스리고 사수射手를 비웃지만/ 야유소리 들끓는 지상으로 추방되니/ 거대한 그 날개는/ 오히려 걷기에 거추장스러울 뿐"(〈앨버트로스〉)〕. 창공을 날던 바다의 새 신천옹信天翁은 그 날개가 너무 크기 때문에 지상에서는 날지 못하고 바보 취급을 당하며 우스꽝스럽고 추한 모습으로 전락하고 만다. 마치 꿈이 너무 크기 때문에 이 세상을 살기에는 부적절한 저주받은 시인의 자태와도 흡사하다. 그러나 양 날개를 펴면 3미터가 넘는 이

11

새는 거센 폭풍이 몰려오는 날 비로소 비상할 수 있다. 바람을 믿고 절벽에서 뛰어내리는 활공의 명수로, 6일 동안 날갯짓 한 번 없이 비행하여 두 달 안에 지구를 한 바퀴 돌 수 있다. 이렇게 먼 거리를 날 수 있는 비결은 자신의 힘이 아닌 바람의 힘으로 비행하기 때문이라고 한다.

김홍섭은 폭풍우를 기다린다. 광풍 속에 모두가 숨죽일 때 하늘의 뜻을 믿고 나래를 펼치며, 세상에서 가장 멀리 가장 드높이 나는 새, 앨버트로스의 날개를 지닌 김홍섭이 앞으로 시의 힘을 빌려 무한히 드높게 비상하리라 믿어 의심치 않는다. 아울러 문학과 더불어 시인이 세상과 우주의 운명을 바꿀 수 있도록 문운이 그와 함께하길 기원한다.

세계와 사물에 대한 치열한 사랑

유혜목 시인
나사렛대 교수
한국기독교문인협회 회장

바슐라르는 "세계와 사물을 사랑하는 사람이 진정한 시인"이라고 했다. 김홍섭 시인의 시는 바로 그러한 세계 사랑에 토대한다. 시인은 대자연의 아름다움을 단순히 묘사하는 차원을 넘어 우리 삶의 위기와 역경을 헤쳐 나갈 길을 제시하고 있다. 이 역시 삶을 치열하게 사랑하는 시인의 모습이 아닐 수 없다. 자연을 노래하는 가운데 자연 속에 새겨진 절대자의 섭리를 깨닫고자 하는 시인은 절벽과도 같이 험한 삶의 한계상황 속에서 인고와 기다림을 강조한다.

많은 변절과 타협에도 끝까지
참을 위해
아름다움을 위해

오래 기다리는 이여

더 나아갈 곳 없는 절벽의 끝에서도
기다리는 이여
                    ─〈기다림이 힘이다〉부분

　거짓과 공의, 아름다움과 누추함의 대척구도에 놓
인 우리 삶이기에 갈등할 수밖에 없는 시인이지만 그
로 인해 낙담하지 않고 인내하며 기다릴 것을 표방한
다. 그 기다림은 거짓에서 참으로, 누추함에서 아름
다움으로의 전환을 적극 구가하는 기다림이기 때문이
다. 시인은 기다림 자체가 우리 삶의 힘이 된다고 말
한다. 오랜 기다림 속에 비록 흔들리고 갈등할 수 있
겠지만, 변절과 타협이 없는 가운데, 평정 회복에의
의지를 보여 온 시인은 그 특유의 화해적 세계관을 아
래와 같이 전개시키고 있다.

지금 침잠해도
어느 바람엔들 춤이야 못 추랴
어느 장단엔들 노래야 온몸으로 못 부르랴
                    ─〈비탈에서 겨울을 맞는 나무들〉부분

14

시인은 마치 비탈에서 겨울을 맞는 나무들처럼 위태로운 상황에서도 꺾이지 않고 올곧게 살고 싶어 한다. 절벽과 비탈의 위기 속에 혹여 풍랑이 덮쳐 온다 해도 되레 그것들을 '춤'과 '노래'로 대처하며 대응하겠다는 것이다. 시인의 이러한 모습 속엔 적대적인 것을 통합하고 화해시키려는 의지가 역력히 보인다. 삶의 위기를 소극적으로 응하거나 비굴하게 대응하는 것을 용납하지 않겠다는 시인의 돌올한 의지는 다음의 시편에서 구체적인 결실을 맺고 있다.

깊은 밤 통곡으로

촛불을 피워 올려
수많은 내 뒤의 젊은 가슴을 위해

내 뜨거운 가슴으로
이 찬 땅을 데우리
(중략)
내 팔다리 닳아져도
내 이마 피멍 들어도

이 산하를 지킬 수 있다면

저 민초들의 아픔을 어루만질 수 있다면

아픔 : 기쁨, 거짓 : 공의와 같은 적대적인 것들이
상호 소통하고 화해하는 세상을 꿈꾸어 온 시인이다.
그러나 그 이상이 실현되려면 누군가의 희생이 요구
된다. 시인은 그 희생의 자리에 자신이 서겠다는 것이
다. 비록 한 마리의 갯지렁이가 되고 자벌레가 되는
일이 있더라도 마다하지 않겠다는 것이다. 시인은 이
원 세계의 분열을 매개하고 화합시키는 중보자의 희
생적 사랑을 보여 주고 있다. 비록 팔다리가 닳아지고
이마에 피멍이 들어도 자신의 온몸을 바쳐서 신음하
고 통곡하는 민초들의 아픔을 어루만지겠다는 시인의
희생 어린 사랑 의지를 통해 확인할 수 있는 것은 "세
계와 사물을 사랑하는 사람이 진정한 시인"이라고 말
했던 바슐라르의 말이다. 김홍섭 시인은 세계와 사물
을 뜨겁게 사랑해 온 치열한 시인이다.

기다림이 힘이다

차 례

제 1 부

님의 노래

제 2 부

겨울 편지

제3부

영등포역
귀경열차

제 1 부

ㅇ

님의 노래

님의 노래

미치게 푸르른 하늘가에서
당신은 날아왔습니다

은빛 햇살을 온몸에 감고
입가에 환한 웃음을 보이며
당신은 내게로 왔습니다

얼어붙은 가슴속에서 뛰놀고
핏줄은 놀라 터져 흐릅니다

당신은 나에게
한 줄기 빗물이었습니다

목마른 샘물은 넘쳐흐르고
나는 한 마리 사슴으로
갈급한 목을 적십니다

당신은 아스라한 곳에서 와 사라지는
한 숨의 바람이었습니다
당신을 잡으려 몸살 나듯 나부끼는
나는 작은 잎새였습니다

황허荒虛한 벌판에 선 나에게
당신은 한 송이 아름다운 꽃이었습니다
환상 속을 춤추며
꽃을 찾아 아픈 날개를 허덕이는
나는 한 마리 나비였습니다

지펴도
지펴도 다하지 않는
내 두 동공의 모닥불은
누구를 뚫어지게 응시하기에
이토록 아픈 것입니까

젖은 내 침상에
맑게 꽃피는 내 정념은
오지 않는 누구를 기다리기에
이토록 애잔하게 타오릅니까

마침내
당신은 몽환의 새벽안개 속에
붉게 떠오르는
춤추는 여명의 빛
파도 소리였습니까

산

서로의 그림자 되어 주는
서로의 바닥이 되어 주는
산

서로 밑에 처하고자 하는
흙들 돌들 바위들

저 능선의 침묵
저 산등성이의 춤

서로 섬기고자
서로 낮은 곳에 앉기를
서로 밀어 올리는

서로를 끌어 올려
마침내 정상에 나무와 꽃을 피워

상징의 바위로
하늘과 만나며 바람과 교호하며

일망무제
무애의 꿈이여
우주와 하나 되는 흙, 돌, 바위

서로의 그림자 되어 주는
서로의 바닥이 되어 주는
산

괜찮다

꽃이 피지 않느냐
저 추운 겨울 헤집고
따스한 바람 불더니
이제 꽃이 피지 않느냐

산비탈 오르던
긴 추운 바람
얼음 속에 얼고 갇힌 자유

저 유록의 빛깔
다시 오르고
환히
꽃 웃고 있지 않느냐

영영 다시 오지 않을 듯하던
어둠의 시간 뚫고
풀종다리 우지짖고 있지 않느냐

괜찮다
또 꽃이 피지 않느냐
다시 날아오르라고
그래 괜찮다

노란 나비

아직 파랗게 깨어나지 못한
누런 잔디 위로
노오랗게 춤추는
나비 한 마리

꽃을 찾는가
풀잎을 찾는가
한들거리며 유유하게
노닐며 어루만지며 춤추며
대지를 깨운다

얼마나 긴 기다림이었는가
저 어둠
저 땅속 긴 흑암
뚫고 힘차게 춤추는
나비의 나비

그 나비의 나비의 나비

긴 기다림의 시간
오롯한 희망의 순간

사과꽃 하얗게

사과꽃 하얗게
피는 들녘에
상주, 청송, 영주,
주왕산 자락 가는 길에

아담한 키에
아담한 몸짓에

그대 같은 사과나무
그대 같은 하얀 사과꽃
피었네

안개꽃같이
배꽃같이
여럿이 모여 하얗게, 하얗게

재잘거리네
5월의 따스한 봄날을

언젠가 우리
봄꽃이었노라고
빨간 순수였노라고

어느 귀한 파티에
가난한 농부의 아침식탁에
빨간 사랑이었노라고

봄날의 하얀 사과꽃이었노라고

내 아버지의 아버지의 아버지의 뒷모습 같은
내 아들의 아들의 아들의 미소 같은
그런 아름다운
사랑이었노라고

사과꽃 하얗게
햇살에 새살대네

강물 위로 흐르는 바람을 맞으며

어머니 새 잎이 나고 있습니다

마른 나뭇가지
잠들던 대지
죽은 듯 앙상하던 가지들
추운 겨울 하늘에 나나裸裸히 떨고 있다

어머니
이제 새 잎이 나고 있습니다
꽃보다 아름다운 연둣빛
하늘로 피어나고 있습니다

아야 난 저렇게
나뭇잎이 파랗게 나올 때가 제일 좋아야 하시던
어머니 말씀대로

새 잎
파란 하늘에
빛나고 있습니다
부드러운 바람에
흔들리고 있습니다

기다림이 힘이다

오랜 칠흑의 밤을 기다리는 자에게 새벽은 온다
긴 땅속의 질곡을 기다린
애벌레에게 나비의 춤은 온다
매미 쓰르라미의 합창은 온다

이른 봄 눈물로 씨 뿌린 농부의
아픈 기다림의 가슴에 추수의 가을이 온다

강물이 깊어지고 벽송碧松의 노래가 고아한 것은
긴 휘어짐과 찬 바람의 오랜 기다림 때문이다

창공에 나는 학의 유려한 춤도 오랜 기다림이고
어머니의 극한 사랑도 기다림에 있다

기다림이 힘이다

지금을 아파하는 이여
이별의 설움에 치 떨리는 이여
찬 바람에 노숙하며 몇 장의 깃발로 남아 있는 이여

기다림이 힘이다

많은 변절과 타협에도 끝까지
참을 위해
아름다움을 위해
오래 기다리는 이여

더 나아갈 곳 없는 절벽의 끝에서도
기다리는 이여

메시아를 초인을
정의를 평화를
아름다움을 진리를

기다림이 힘이다
기다림이 빛이다 칼이다
과거이며 미래다
사랑이다

하롱베이

수많은 산과 봉우리와
섬과 물의 천지

세월과 파도의 어루만짐이 오래되어
여러 형상으로 변하고 태어나

삼천여 섬들과
산과 바다에 떠 있는
수많은 군마
함선들의 진군

저기 당신과
여기 내가
오랜 그리움으로 서로 만나

같이
물과 하늘을 느끼고 만진다

또 이렇게
저만큼의 거리에
서로 두고

물과 바람으로
만나고 그리워하고
사랑하니

침식과 풍화와
만남과 헤어짐과 다시 만남이

농울지고, 서걱이며, 뒤척이는
그리움의 정령들이여

서로 연결하고 하나 됨이
거센 파도를 부수고 잠재우나니
험한 분노를 잠재우나니
서로 만나고 그리워하나니

태안반도 겨울해변

갈매기 조용히 날고 하늘은 아직 푸르른데
우리 여기 모여 냄새나는 돌멩이와 검게 착색된 오
염을 닦아 낸다
우리의 양심을, 우리의 게으름을, 우리의 이기심과
교만을 닦아 낸다
한없이 한없이 …

한 돌멩이는 우주다, 내 삶이며 운명이다
한 줌의 모래는 그대의 살이며, 피며, 호흡이다
우리 자식들의 맥박이다

한 별로 우리가 여기 와 한 숨의 바람으로 흔들다
한 줌의 흙으로, 한 줌의 모래로,
한 숨의 바람으로 또 돌아가리니

여기 우리 모여 한 아이의 얼굴을 닦는다,
한 생명을 닦는다
한 우주를 벗겨 낸다

우리의 나태를, 우리의 교만을, 우리의 욕심을
그만큼의 힘으로, 그만큼의 정성으로 다시 살려
낸다

아무도 대신하지 못하는 우리의 운명, 우리의 생명
우리의 산하, 바다, 돌멩이,
우리의 흙, 우리의 모래, 우리의 눈물

한 별을 벗겨 낸다
한 생명을 닦는다

흰 눈 소복이 내려

흰 눈 소복이 내려
거리와 공원에 푸근히 내려

그대와 나의 포근한 오늘과
추운 겨울 들판을 달리던
우리의 춥고 가난한 겨울 눈밭을 달리던

가난도 오히려 뜨듯한
추위도 오히려 풋풋한

죽음의 가지 위에
오히려 생명 넘치는
흰 눈 소복이 내려

내 영화 속의 우리 강아지
즐거이 눈밭과 뛰놀며

어머니, 할머니
너털웃음 할아버지, 아버지

아니, 우리 아들, 손자 손녀
눈밭에 뒹굴고 뒹굴고
흰 눈 소복이 내려

오히려 체증도 아름다운
모든 것이 생동하는
우리의 꿈속
흰 눈 소복이 내려

커플 티

아들이 사온 커플 티
빠알간 자줏빛

커플 티셔츠를
아내와 함께 입으라고 사왔다
밤낮으로 피자집에서 알바를 해 모은 돈으로

엄마와 아빠 같이 입고
운동하고 등산도 하여 건강하라고
큰애가 사온
빠알간 커플 티
거실 의자에 걸려 있다

배내옷 사와 처음 입히던
저만큼의 시간 너머
어린 몸뚱아리의 네가

울고, 보채고, 옹알이하고,
뒤집고, 걸음마하고, 걷고, 뛰다가
초중고 지나 대학에 다니며
알바를 해
두 개의 빠알간 자줏빛 커플 티를 사온다

삶이란 이런 아름다움인가

삶이란 돌고 도는 것
위에서 아래로, 시간 저편에서 이편으로
강 건너에서 이편으로
한없이 흐르는 물인가

빠알간 커플 티
내 마음에 걸려 있다

흰 눈

입춘에 내리는 흰 눈에
더 희어 가는 내 머리칼

봄 오는 소리에도
더 추워지는 도시 얼굴들

왁자한 젊은이들 사이로
쏟아지는 눈꽃들

꽃잎 되어 날리네

가을날

잎새에 바람이 조용히 속삭인다
스사로이 내리는 햇살 타고 흐르는
내 유년시절

만상을 깨우는
가을 햇살소리에
다시 채워지는 충만 속에서도
한없이 비워 오는
나의 가슴

꺼이꺼이 울며
내 가슴에 흐르는 바람은
근원 모를 어디에서 오기에
이다지 가슴 저미는 것일까

오늘도 거리에는
바람만 허허로이 불어 가고

표정 없이 거니는 타인들의
발자국마다 내 눈물이 고인다

온밤을 지새우는
풀벌레의 정념으로
까닭 없이 창이 운다

대합실

긴 실로 이어진
길의 연장 위에
오늘도 서서

대합실의 휑한 공기와
의미 없이 울리는
TV를 바라보는 너는

어느 모스크바역에 날리는 낙엽이냐

어두워진 플랫폼에 불이 켜지고
낯선 스피커에
덜컹거리는 바퀴에

가을의 낙엽이 굴러가고

또 다른 만남을 찾아
길 떠나는
철새들의 옷깃을 여미며

종종걸음으로
인간 숲길을 헤엄쳐 간다

빗물

쏟아지는 빗물 속에 흘러가는 시간들
슬픔이 우산 끝에 머물다 가네

석양

슬픔은 기쁨보다 힘세다

우리의 해 질 녘
붉은 노을은
아침 여명의 붉음보다 아름다우니

더 허허롭고
더 힘 있는 것이니

저 멧새의 날갯짓 더 힘차게
둥지를 향하고

우리의 웃음
우리의 눈물
우리의 미소
우리의 너털웃음 그보다

저 처마 밑에 울고 있는
길 잃은 아이의 눈물 더 아름다우니
더 쓸쓸하노니

우리의 삶의 어느 구석에
오히려 빛나는 저 어두움
그 깊은 해원解冤

구름

저 낮은 하늘 잿빛 그늘에 덮인 하늘로
말도 달리고, 거북이도 달리고
양 떼도, 강아지도, 소도 달리고
다시 철새의 군무로, 창공으로 피어오르고

구름은 내 모습, 저 창공에 허허로이 떠 있는 섬
바람 따라 흐르는 잎새
때로는 들소로, 풍뎅이로, 강아지, 고양이, 거북
이로
더러는 흰 솜털로, 검은 눈빛으로, 붉은 비단으로

저절로 변하는 모습으로 구름은 사라지고
사라진 뒤에 더 넓은 들로, 흐르는 강으로, 더 푸르
른 바다로

높맑은 하늘로 떠오르는
그대는 구름, 그대는 바람, 그대는 창공, 그대는 새

함께 달리는 바람

바람은 참으로
먼 곳에서 달려온다

그 시원을 알지 못하는
바람은 함께 달려온다

혼자서 달려오는 것은
바람이 아니다

바람은 잎을 흔들고
잠든 강을 깨운다

고요한 들을 깨운다
집을 깨운다

바위를 깨운다
바다를 깨운다

바람은 우리 가슴속을 흔들며
피와 함께 달린다

낙엽송落葉頌

저 느티나무 잎의
선연한 노랑과 붉음의
큰 춤판을 보는가

연분홍 꽃잎보다
진하고 아름다운
가을 벚나무 잎들의
주황으로 붉어진 비바체를 듣는가

아무도 꽃 피는 것을 보지 못하듯
어느새 잎새들은 또 저렇게 붉게 물들어
한 생의 아름다운 별빛들을
땅 위에 흩어 놓는가

겸허히 내리며 쓸리며 밟히며
조용히 흙으로 돌아가는 진리를
웅변으로 노래하고 있는가

저 푸른 하늘 나르는 기러기 떼같이
저 검은 하늘에 노란 낙엽으로
빛나는 별빛으로
반짝이고 있는가

그대여 오라

내
그대 며칠이 지나지 않았는데도
그립다

그대의 목소리만으로는
이메일만으로는
아직도 너무 부족하다
허전하다

그대 내 안의 그대
내 눈 동공 속의 그대

내 손이 닿는 곳에
언제나 있는 그대
내 눈길 머무는 곳에
항상 있는 그대

어서 오라 그대여
내 영혼이여 내 사랑이여

기다림은 싫어
밤그리매 울고 가는
혼자는 너무 싫어
춤도 노래도
홀로는 이제 그만
어서 오라 그대여

해가 지고

서녘에 붉게
노을이 타고

우리 이제
귀가하여야 한다

해가 지고
밤새가
하늘을 날아오르면

구름 속에 양 떼들
금빛 노을 속에
길을 떠나고

저 하양과 붉음의
시간 속으로
계절이 바뀌고 영글어 가는
열매의 이야기를
들어야 한다

림스키코르사코프 세헤라자데

유장한 교향악의 선율
깊고 심오한
인더스의 흐름, 갠지스의 흐름

출렁이는 물살의 한강의 너울짐

거기 나르는 고운 작은 새의
날렵한 날갯짓
한 바람의 바이올린

작은 아기 코끼리의 걸음마
검붉게 솟아오른
히말라야의 굵은 선과 장중한 암벽, 산맥의 용틀임

깊은 심연의 꿈틀거림
갈비뼈를 흔드는 깊고 그윽한 음조

깊은 내 혼의 심연에
헤엄치는 한 마리 가물치

제 2 부

ㅇ

겨
울

편
지

달빛

오늘처럼 달빛이
출렁이는 밤이면

먼 옛날 나비 쫓던
어린 시절

기다림에
가슴 조이던 젊은 시간

메밀꽃 바람에 흩어지던
시골길

피를 토해 울어 대는
소쩍새 소쩍

달빛이 오늘처럼
넘실대는 밤에는

모두들
잠 못 이루고
하얗게 별을 센다

겨울 편지

눈꽃이 피면
하얀 들판에 바람이 인다
눈가루 흩날리며 흩날리며
사위어 간다

가느다란 마른 나뭇가지
흔들며 소슬하게 소슬하게
눈이 날린다

상념의 비늘들이
아픈 기억들이
저 하얀 태고의 들판에
그대여
아름답게 누웠구나

순백의 그리움으로
순수의 기다림으로

가을 여행

잎새들 빛깔 고와지고
서리 까마귀 나는
깊은 가을에
길을 떠난다

추수한 볏짚에
햇살 수북이 쌓이고

젊은 날들의 기다림과 망설임
켜켜이 떨어져 쌓이는
숲길에 서면
이름 모를 갈꽃 외로이 피고

하늘 나는 기러기 떼
소소히 날아 집으로 간다

근원 모를 외로움을
저 서녘에 뜬 달은 알까

나나히 벗겨지는
나무들의 춤사위에
산 빛깔이 진해 간다

할아버지 시계

먼 길을 걸어오는 소슬바람
청초한 소리
잎새들 흔들며, 잔물결 어루만지며
건반 위를 달리는 선율
현 위를 미끄러지는 리듬

작은 냇물의 흐름같이
내 머리칼에 스미어
내 혼을 어루만지는
할아버지 시계

그래도 너는 아름다워야
그래도 너는 젊어야
그래도 너는 사랑스러워야 하리
어느 6월 캠퍼스 방송에
못 박혀 듣던

설운 마음을 위로하던
현의 울림
저녁 안온한 햇살이던
할아버지 시계

시드니

완만한 곡선과
푸른 바다의 도시

인공과 자연의 온전한 조화

아름답게 어우러진
빌딩과 숲과 바다와
사람과 새와 바람과

포말을 일으키며 흘러가는 세월

아랍어, 중국어, 한국어, 영어, 일어
다국적 언어로 소통되는 오늘의 우리들

시드니의 어느 바다 모퉁이에
밤늦게 헤엄치는 갈매기 한 마리

다양한 언어를 알아차려
밤인사 한다

전원 교향곡

작은 새들이 지저귀는
청아한 시골의 전원을
나는 거닐고 있네

하늘은 높아
흰 구름이 정겨이 떠 있고
수국, 로즈마리, 라벤더 향이 그득한
전원을 노닐고 있네

삶이 음악처럼
아름답고 행복하기만 하다는 말은
거짓되고 비현실이기도 하네

바이올린과 비올라의
가볍고 정겨운 음향에
저 더블베이스와 첼로의
묵중하고 어둠 같은 것,
슬픔과 내리누르는 기다림 같은 것이

어우러지고 겹치고 혼효되네
관현악의 들숨과 날숨이 어우러지네

툰드라의 들꽃

툰드라에 핀 들꽃
지천으로 피어 있는
노랑, 분홍, 자주, 보라

찬 바람 맞고서
햇빛을 쫓아가는

여기 민들레로
피어오른
그대의 사랑

겨울 기도 2

저 벗은 들판은 내 시원의 알몸이리니
나나히 벗은 나목은
내 견고한 기다림인가

가지로 흐르는 푸른 피는
여름을 지나 외론 가을의 소슬바람
밤새 우는 귀뚜라미 울음

마침내
새싹 돋우며 푸른 잎으로
다시 피리니

겨울 들판 걷는 추운 밀러
긴 기다림과 방황
너의 것이냐,

말년 바쇼의 눈빛이냐

산수유

산에 물이 있네
봄 산에 꽃이 피네

여기저기
긴 침묵이
살포시 작은 미소 띄우네

노오란 깃털
병아리 병아리

어디
노고지리 치솟아
흰 구름에 닿고

아지랑이 아롱아롱

산에는 꽃 피네
노오란 산수유

보지 못한
내 할머니 잔주름같이
봄 햇살에 조네

오체투지

저 머무는 바람
저 흔들리는 하늘
잠시 멈추는 강물

멀디먼 길을 가까이
가까운 길을 멀리멀리

내 늙음과
내 젊음과
내 뼈와 살과 근육과
긴 수맥의 울음을 바쳐

차라리 한 마리 갯지렁이
한 마리 지리산 자벌레로

낮추고 내리어
저 깊은 심연의 영원으로
깊은 밤 통곡으로

촛불을 피워 올려
수많은 내 뒤의 젊은 가슴을 위해

내 뜨거운 가슴으로
이 찬 땅을 데우리

얼어붙은 쇳덩어리
절연의 계곡처럼

파인 분단의 심장을 녹이리
내 팔다리 닳아져도
내 이마 피멍 들어도

이 산하를 지킬 수 있다면
저 민초들의 아픔을 어루만질 수 있다면

가리
가까운 길을 멀리 돌아
먼 길을 가까이 가까이

노을 지는 강

조용히 머무르는 듯
흐르는 시간

영원히 흘러
언제나 제자리에
머물러 흐르는

긴 영겁회귀
먼 우주의 생멸

저 물새들
노을에 깃털을 서로 씻어 주며

긴 시공의 한 점에서
사랑을 나누며
어두워 가는 강물에 기대어
날개 짓는다

가로등 하나 둘
잊혀진 벗들로 피어나고
반딧불로 흐르는
미망의 차량만 헛되이 바쁘며

영겁의 한 점에 흐르며
멈춰서 내리는 별빛을 본다

나의 그대
저 노을 저편에서
붉게 타오르는 꿈으로
사위어 가는가

저 짙어지는 적색의 고요 속에
어둠 속에
다시 여명으로 솟아오르는가
그대여

철길

영원히
나란히 달리는
철길

일정한 거리로 서로 사랑하며
존경하는 거리로

시간의 저 먼 과거에서 달려와
아름다운 당신의 현재로 핀
복사꽃 얼굴

또 우리가 같이 달려갈
저 아득한 미래, 천국의 날들까지
함께 달려갈 길
함께 지고 갈 기차

우주의 어느 은하에서
긴 여정, 철길을 달려

여기 같이
이만치 함께하는 그대와 나의
사랑과 존경의 거리

너무 멀지 않게
너무 가깝지 않게

여기에서 우주로, 천국으로

침묵은 우리 팔다리
우리의 혈관
흩뿌려진 자갈은 긴 시간 함께 나눈
우리의 이야기

철렁거리는 방울 노래 부르며
밤기차 달려가네

라마 사박다니

어찌하여 나를
버리셨나이까

저 극한의 외로움
극한의 아픔은
내 것이로다

저 극한의 목마름
진한 피 흘림
내 것이로다

너의 갈등과 미움과 원한과
너희의 사랑까지도

극한의 외로움, 아픔, 치 떨림
긴 기다림

더 깊은 흑암이어도 좋아라
더 견고한 외로움이어도 좋아라

라마 사박다니
라마 사박다니

내 아픔은 너의 아픔
네 고통은 나의 고통

너의 외로움은 나의 외로움
너의 타는 목마름은 나의 목마름

라마 사박다니
라마 사박다니

죽음은 생명이리니 부활이리니

비 오는 날 열정

봄비 내리는 차창에
순수 알갱이들
싱그럽게 두드리는 생명의 맥박

봄날의 빗소리 멀리서 들리는 파도 소리
서서히 다가오는 맥박 소리

살아 보라고 잊어버리라고
살아 보라고 다시 시작하라고

차창을 두드리는 내 눈을 두드리는
내 눈물을 두드리는 두드리는
싱싱 소리 맥박 소리 생명 소리 열정의 소리

힘차게 힘차게 은은하게 조용히
사랑처럼 삶처럼

잎새에 춤추는 수많은 생명들 얼굴들
열정들 긴 시간들

살아 숨 쉬며 흔들리며 흔들리며 춤추며
두드리며 두드리며
어둠을 광명으로 환희로 밀어 올리는 열정

봄비
봄비
봄비

러브 컹커 에브리싱

가느다란 목소리이나
청아하고 맑고 고운
그래서 저 북구의 어느 바다가
그 깊은 피요르드를 흐르는 강물 같은

오로라의 빛나는 춤과 노래로 흐르는
캐나다 루이스 레이크의 에메랄드 빛 같은 인생

모두를 관통하며 흐르는 푸른 핏물 같은
러브 컹커 에브리싱

내 가슴 네 가슴 우리 마음 관통하는
푸르디푸른 러브 컹커 에브리싱

저 푸른 하늘 저 푸른 바다
저 푸르른 바람 같은 우리의 사랑

동해 깊은 심연, 천지天池의 푸른 물결
바이칼이든 에게해든 티티카카든
푸른 것은 사랑이다
러브 컹커 에브리싱

맑고 고운 것은 사랑이다
깊은 기다림은 사랑이다

노란 비행기

노란 비행기 날립니다
길 이편에서 길 저편에서
앞에서 뒤에서
노란 비행기를 날립니다

깊은 슬픔, 깊은 눈물을
노랗게 꽃피워 하늘에 날립니다

당신의 가시는 길에, 당신의 긴 외로움의 길에
꽃을 뿌립니다
노란 민들레, 노란 개나리, 산수유

부활과 새벽의 노란 종달이 날아갑니다

어느 긴 어둠, 깊은 심연에
하나의 죽순처럼 오롯이 솟아오른
새 힘, 새 희망

가난한 이를 사랑했던 한 푸른 소나무
늦봄의 하늘 날아오르는
노란 부엉이

노란 비행기 날립니다
이승에서 저승에서
그립고 서러운 옹골찬 꿈을 날립니다
영원히 빛날
노란 새벽별을 올려 보냅니다

한 잔의 커피

안데스, 자메이카, 아라비아,
브라질 어느 산기슭, 들판에 자라

하늘과 바람과 이슬과 햇살을 먹고 자라
어느 가을 바다를 건너
여름으로 겨울 바다 파도를

아르페지오네 소나타
크로이처 소나타

비 갠 오후

장맛비 퍼붓고
뿌리 뽑을 듯 휘몰아치던
태풍 지나고

밝은 햇살 비치네

나뭇잎 더 새롭고
산은 맑아 더 멀어지고

행인들의 발걸음
더 가벼워지고

새로운 개벽처럼
우리의 설움 아픔 버리고
저 무지개 타고 훌쩍 날았으면

어느 여름 카페

녹음 짙은 도회의 공원 옆 카페에
딸아이는 유모차 덮개 속에 노랗게 잠들고
어느 젊은 부부 앉아 있다

남자는 작은 컴퓨터를 들여다보며
반바지의 열기를 밖으로 내뿜고

아내일 여자는 둥근 큰 모자 눌러쓰고
비스듬히 기대어 앉아 하얀 졸음에 겨워
시간을 낚는다

옆자리엔 자료를 쌓아 놓고
리포트를 준비하는 젊은이들 지껄이며
여름 주말 카페에 낮이 기울어 간다

이름 모를 팝가수의 노래 들려오고
아라비아 사막 어느 오아시스 꿈을 꾸며
여름의 긴 한낮에 조올듯
통속한 과일이 익고 있다

기차는 8시에 떠나네

어느 이른 가을 높푸른 하늘가로
한 마리 새 날아가고

흰 구름 비켜 한 노래 흐르는
플랫폼에 너는 서 있었네

이승과 저승을 넘나드는
어느 바람결인가
어느 심호흡인가

사랑은 가고 오는 것
기다림은 또 다른 아름다움인 것을

진흙 속에 연은 피고
지란은 흙먼지에 꽃피는데

별빛을 향하여
날아간 그대여 그대의 영혼이여

자유라 말하지 말라
더 긴 평화라 말하지 말라

떠나는 기차여
보내지 않는 그대여

에게해에 불듯
가을바람 서울 거리에 몰아치고

너는 별빛을 향해
태양을 향해
솟아오르는가

해 질 녘

창가로 금빛 햇살이 스며들고
하루 견고한 노동으로 지친
황금종려나무 가지 사이로
해그림자 기울면

아이들 왁자한 노는 소리에
문득 밤이 다가오고
피곤한 근육을 풀어 놓으면
어디 들리는 새소리
낮은 개울물 소리

긴 강물로 흐르고
양떼구름으로 붉게 이울어 가는
우리들의 청춘도

잎새에 새살대는 바람

내 연인의 향긋한 땀내로 흐르나니

이 붉어 가는 황혼을 보며
다 용서하노라 다 사랑하노라
저녁 바람 맞는 노송처럼

판문점 교회

바람도 쉬어 가고
새도 구름도
머물다 가는
판문점

오랜 이산과
나눔과 기다림과

참고 견딤과

오랜 기도와 눈물과 아련함과

하나님의 역사 뜻과
기뻐하실 형제들

여름 노인정

여름 매미, 쓰르라미 빗질하는
흐드러진 잎새의 새살거림 밑에
두 노인 앉아 있다

더위를 뿜어내는
땡볕과 땅의 반추를 곁에 두고
장기를 둔다

우리 젊은 날의 힘찬 장이야!
기세 좋게 내놓는 우리들의 외침
촛불처럼 빛나고
별빛으로 불타고

때로는 멍이야
움츠리고 침잠해도
긴 동굴의 흑암에서 솟구치며

늙어 축 늘어진 쉬츠의 꿈도
노인을 지키듯 바닥에 누웠고
쓰르라미 소리만 귓불에 맴돈다

회귀

한번 떠난 것은
다시는 돌아오지 않는다고

강물이 흐르고 있지만
내 발목을 적시던
그때의 물이 아니라는 듯

바람이 줄곧 불고 있지만
내 옷깃을 스치던
첫사랑 언덕의 바람은 아니라 하나

그래도
한번 떠난 것은
결국 다시 돌아오지

긴 강물을 건너
긴 사막을 넘어
다른 모습으로
꼭 다시 돌아오지
그대처럼

제3부

o 영등포역 귀경열차

영등포역 귀경열차

새벽안개에 귀경열차 비스듬히 들어오고
많은 이야기를 담은 고향 선물 꾸러미를 들고, 아
이를 등에 업고
곶감 한 보퉁이, 귀한 것이라고 싸 주신 한라봉
몇 개,
어머니의 정이 어린 쑥떡 몇 덩이 들고,
오랜 기다림의 귀향길을 잊고 우리는 행복한 귀경
을 한다

그래도 너는 거기 엎드러진 두터운 외투로 나뒹굴
고 있다
한 뼘의 보루박스를 자리 삼아 이불 삼아
오지 않는 새벽잠을 집어넣고 있다
케이티엑스 타고 빠르고 편한 귀경에도
가난은 언제나 우리 등에 달라붙은 등에처럼 늘 우
리와 함께 있다
휘황한 백화점의 불빛 아래에도
늘 너는 냄새나는 거친 숨소리로, 담배 연기로 거

기 누워 있다
  우리 아버지의 아버지의 아버지가 꿈꾸던 날들은
여기 있는데
  우리 어머니의 어머니의 어머니가 기다리던 세상은
저어기 있는데

  복사꽃 만발한 세상, 유채꽃 가득한 들판을 꿈꾸며
  거친 해류를 헤엄쳐 돌아온 연어 떼처럼 밀물 되어
  오늘도 우리는 고향을 찾고 또 돌아오고
  진눈깨비 내리는 새벽길을 달려 하나씩 귀경한다
  웅크린 너의 잠자리에 드리운 내 그림자를 끌고
  땀 흘리는 삶의 현장인 우리들의 고향을 향해

기차 옆자리 소녀

긴 머리 가녀린 얼굴선
반쯤 드러난 나시티를 입은 그녀
잠들어 있다

허름한 청바지에
여름인데
웬 꽃무늬 머플러 목에 걸고

조금 전에 책을 읽더니
청순한 모습으로 잠들어 있다

어느 시골 여인도
도시의 매끈한 여인도 아닌 듯
수수한 차림에
청순한 테이크아웃 커피를 앞에 놓고
눈 감고 있다

산들은 안개 사이로 가까워졌다
다시 멀어지고

어둠은 점차 차장에 스며드는데
우연히 동행한 우리의 시간을 뒤로하고
기차는 달린다
스쳐 지나가는 들판처럼

우리들의 인연도 지나가고 또 만나고
어느 긴 기다림을 뚫고
또 기차는 달려가고

오늘 이 시간을
우리는 힘차게 달려간다
철렁거리는 기차 바퀴처럼

갑바도기아

어느 먼 길을 나서는 그대
눈길, 깊이 묻힌 눈길 헤치고
길을 나서는 순례자

하늘도 먹구름
진눈깨비 쏟아 내는
겨울 하늘 이고
먼 길 떠나는 그대 순례자들

어디 따뜻한 고향 있을까
어디 오래된 나 없을까
길을 묻고 찾는 구도의 행렬

천로역정, 천로역정

성 소피아

예수님 마리아 요한
금빛으로 그려진 성화에

오랜 시간과 섭리 깃들었네

평생 고난으로
긴 시간 남을 위한 삶으로
헌신하고 생을 마친
성인들의 기림과 바램으로

역사에 면면히 흐르는
이슬람에 회칠되어
오히려 잘 보존된 성화

무창포 바다

바닷가를 거닐었지
저 끝까지 바다 끝까지 오래오래
세상 끝까지
한없이 한없이

살갗을 파고드는 찬 바닷바람
머리를 흩날리며

갈매기, 갈매기
바람을 거슬러 거슬러 날아오르고
너는 자유라 했지
너는 긴 고행이라 했지
끝없는 저항 활공
결국은 자유라 했지

바닷가에 가득한
그대 돌덩이 돌멩이 바윗덩어리
노란 황금색의 그대
어느 제왕의 전생인가 재벌의 후손인가

저 검은 시꺼먼 오석
신비의 검은 어둠이여
그대는 죽음인가 생명의 흑암의 다른 모습인가

하얀 순수로 물결에 새살대는 흰 돌
어느 고결한 여인의 살결
그 깊은 꿈인가
천년의 기다림이여 영원인가
여기 하얀 백합으로
바닷가에 피어 꿈꾸고 있는가

철썩이며 서걱이는
바다와 어루만지며
때로 대화하며 쓰다듬는 암벽의 침묵이여

때로 거칠게 웅크리며 저항하는
견고한 오만 강고한 고독이여
갈매기 나래에 이는 봄바람처럼
황금빛 노을을 날개 위에 얹고
비상하는 꿈이여 희망이여 기다림이여

달빛 협주

달빛은
은은히 내려앉는다

작은 시냇물 소리로
작은 산새 소리로
작은 빗소리로

은은한 달빛으로
별빛으로 건반에 부서지며

어느 잎새들의
반짝거림으로
물의 출렁거림으로

달빛은 춤춘다
노래한다
달려 나간다

만나고 헤어지며
바람으로
바서지는 잎새로
물결로 물결로
햇살로 햇살로
작은 새들의 지저귐으로
그 빠른 발걸음으로
멧새들 참새들 떠드는
부엉이로 매와 독수리로
바람 속을 달린다

루체른 호수에 달빛
내리고
바람과 달빛 어우러져 춤추고 노래하고
헤엄치고 달리고
노 젓고 흔들리고 달리고 달리고

벚꽃

떨어진 벚꽃 잎 수없이 차창에 붙어 떨고 있네
내 젊은 봄날처럼

새 잎

연록의 잎새
검은 가지에 파릇하네

"아야 새 잎이 나오면 맘이 새로워야"
어머님 말씀

가을 들판에서

서늘한 바람으로 바뀐
가을 하늘에
흰 양 떼 노닐고

노란빛으로 갈아입는 대지 위로
셸리P. B. Shelley의 바람이 불고

잠시 머무는
어느 농촌 들녘에 꿈처럼 내려앉는
내 유년의 논둑길을 달리며
잠자리, 메뚜기, 나비, 흰나비 날며

흐드러진 갈꽃, 들국화, 벌개미취
긴 시간들, 기다림들, 서러움들, 분노들

한 보랏빛 들꽃이었으리니
가을 들판의 노오란 벼 이삭이었으리니

네가 빗속을 걸어가고 있을 때

하늘에 구멍 뚫린 듯이
비가 내리고
가로수 잎 나풀거리며
몸살 나듯 흔들거리고

거리를 휘몰아 가는 물길 위로
네가 빗속을 걸어가고 있을 때

여름은 낙타 소리 내며 물러가고
어느 사막, 고비, 타클라마칸 모래 길을
그 고된 바람의 길을 건너 넘어가고

가을 속으로 성큼 빠져 버린
비 내리는 도시 거리에
네가 걸어가고 있을 때

안개에 젖은 명절에 모두 떠난 텅 빈 도시에
억수로 비는 내리고
젊은 날 바닷가에 비는 내리고
이스탄불 지나 에게해로 가는 해안가로 노을은
지고

흠뻑 젖은 구두와 바짓가랑이로
가을이 오고 우리는 커피를 마신다
지친 여름의 열대야를 다시 그리며
푸시킨의 시를 되뇌이며
또 내일이란 잔에 오늘을 마신다

사랑하는 장모님

늘 웃으시며
잔잔한 미소를 지으시는
사랑하는 어머니

흰 머릿결 구름처럼 소복이 내리시고
자녀들에게 사랑과 평화의 얘기에
밤이 오히려 짧으셨던
사랑의 어머니

자녀들, 사위, 며느리 모두 아우르시고
모든 소식을
햇살처럼, 달빛처럼 고루 나누어 주시며

손자, 손녀, 증손자, 증손녀, 사촌, 팔촌,
이웃 모두에게
늘 사랑과 미소의
멋쟁이 할머니, 우리 장모님

당신 하늘나라 가신 지 49일이 지나고
또 여러 날이 가고
오롯이 그 환한 얼굴이 그립습니다

우리 아이들의 마음의 고향,
푸근한 사랑의 둥지, 용서의 강물
우리 모두가 녹울져 하나 되는 넉넉한 호수

백수에 하나 부족한 오히려 짧은 생을
바쁘고 여유롭게 사시며
당진, 서산, 합덕, 인천, 상도동, 반포 두루 다
니시며
나눈 당신의 정겨운 시간과 사람들
모두 당신을 그립니다

넉넉한 웃음과 사랑의
흰 구름 모자의 공주님, 강정만 여사

또 우리 만나야지요?

더 아름다운 모습으로

그리움 가득, 구수한 이야기 한 다발, 맛있는 밥
상으로

우리 다시 만나야지요? 어머니

하늘 어디에서

햇살 환하게 비친 봄 하룻날에

달빛 그윽한

초여름 꽃향기 아래에서

비탈에서 겨울을 맞는 나무들

나무들 비탈에 나란히 서서
찬 겨울바람을 맞고 있다

뼈를 드러낸 앙상한 모습들 사이로 바람이 불고
새도 오지 않는
겨울 아침을 조용히 맞고 있다

뿌리는 흘러 강물로 이어지고
머릿결은 떨어져 낙엽으로 쌓이고

마른 뼈들의 흔들림, 조용한 합창
마른 영혼들의 노래, 순순한 그리움들의 춤

지금 침잠해도
어느 바람엔들 춤이야 못 추랴
어느 장단엔들 노래야 온몸으로 못 부르랴

억겁의 기다림을
어느 봄날엔들 아지랑이 아롱지지 못하랴

높은 삼각의 산정을 이루며
나무들 비탈에서
찬 겨울바람을 맞는다

솟대, 기러기

얼마나 저 하늘을
더 우러러보는 것이냐

얼마나 저 검은 밤을
더 바라다보는 것이냐

얼마나 저 날랜 바람을
더 잡으려는 것이냐

아니야
아니야
내 기다림은

이미 저 하늘인 것을
저 붉은 찬란한 노을인 것을

내 사랑은
내 외로운 사랑은

저 깊은 밤의 고요인 것을
저 빛나는 별들의 노래인 것을

오호
가녀린 몸으로
기다란 목으로

저 높이
저 멀리
바라다보는 것이냐
기다리는 것이냐

억겁의 시간도
암벽 단애의 긴 기다림도
내 깊은 그리움만 하리야

내 긴 기다림
내 깊은 밤의 꿈

마침내 꽃 되어 꽃 들판 되어
나비와 새와
더불어 놀리

햇살과 바람과
함께 춤추리

생의 한가운데

사내는
계집의 무릎을 베고 누워 있었다
지그시 미소 머금고
계집은 내려다보며
해가 서산에 걸리고
소쩍새가 울었다

할머니는 아이들을 불렀다
소슬바람이 불면 비가 온다고

아들은 전방 연병장에서 더운
땀을 흘리며
미움을 연습하였다

이승과 저승을 오가며 쓰르라미는
붉은 여름밤을 노래하며

시간의 모퉁이에 앉아
나는 비 갠 후 높이 나는
잠자리를 세고 있었다

아들아 여기가 부다페스트다

고요한 다뉴브강이 흐른다
긴 역사 강물 되어 넘치고
로마 병정, 야만 게르만과 오스만 터키의 말발굽
긴 거리를 눈물과 기쁨으로 돌아 흐르고 솟구치는
유유한 흐름을 보느냐

우리는 자유를 위한 힘찬 전진을 본다
거리에 나뒹구는 절망과 야만을 본다
아니 욕심과 쪼그라진 자만과 타락을 본다

하지만 그 긴 어둠을 뚫고 결국 자유는 흐른다
깊은 어둠을 뚫고 새벽은 조용히 온다

거리를 물밀어 가는 젊은이들
소용돌이와 외침과 바쁜 발걸음들, 주고받는 환호
와 격정들
진리는 침묵하지만은 않는다
억압과 폭력의 시대에는

이제 봄이 오고 여인의 치맛단은 올라가고
젊은이는 환한 햇살과 뛰논다
다뉴브의 물결같이 힘차다

부다페스트 소녀의 죽음은 헛되지 않았다
그들의 피 흘림 없이, 긴장과 두려움 없이
어떤 것도 이루어지지 않는다
거대한 벽에, 큰 산에 오르지 않고는

아들아 말없이 오늘도 다뉴브는
부다페스트 한가운데를
유유히 흐른다

비 온 뒤의 가을, 도시

달리는 차 소리
더 커지고
빗길을 구르는 상념 속에
내 고향 떠올라

그대 달리던 그 들판
시냇물, 뒷산의 진달래
냉이 달래 종다리

가을 속으로 달려가는
내 그리움 속에
문득 서 있는 그대

한 잔의 커피 향으로
되살아난 진홍빛 열매
그리움 농울져 고여
맺혀 달린

들판 감나무의 홍시감 하나

가을비 속에 더 큰 소리로
달리는 그대의 눈웃음
그대의 목소리
그대의 노래

성모의 보석

퇴색한 우리의 영혼을
맑게 하는

저 에게해의 진주 같은

푸른 아프로디테의 영혼 같은

청정한 너의 노래
너의 울림

내 혼 깊숙이 들어오는
성모의
큰 사랑과 울림

현충일

당신이 포탄 날고
총알 쏟아지는 들판을 달릴 때

땡볕에 태양도 녹아 버린
긴 시간의 적막이 흐를 때

산등성이를, 산모퉁이를, 산비탈을
달리고, 미끄러지고,
뒹굴며, 넘어질 때

죽음보다 깊은 고독 속으로
그 들판 속으로 달릴 때

이데올로기는
민족은, 사랑은

당신의 폐혈관에 흐르고
당신의 피부에 덮이고
당신의 머리칼로 자라고

어디에도 없는 그들의 자유
어디에도 없는 그들의 평등
오호
어디에도 없는 우리들의 정의
우리들의 박애

흰 것이 검은 것이며, 흑이 백이던
그대 젊음의 날에

홀연히 그대 여기
한 무더기 흙으로
덥수룩한 잡풀로 덮여 누웠나니
그대의 혼 오롯이 빛나노니

삶이 죽음이듯
이생이 저생이듯

그대 여기 그대로 잠들어 살아
또 빛나고 있는가
또 춤추고 있는가
저 작열하는 태양 아래
불타고 있는가

경춘선

인생의 어쩌면 여유 있는 이들
바쁘고 눈물 나던 시간 뒤로하고

몸은 다소 늙었으나
자녀들 다 시집보내고
마음은 여유로운
시간은 넉넉한 어르신

기차를 기다리며
플랫폼에 서 있다

늦가을 주말 햇살 따사로운 역사에
주름 사이로 바람이 흐르고
회한과 기다림도 오히려 정겨운

수수 알들 자줏빛으로 영글어 가듯
잎새들 노랑, 주황, 빨강으로 물들어 가듯

늦가을의 까마귀 날아가듯
허허로운 뒷모습으로
기차에 오른다

춘천, 막국수

춘천에서
막국수를 먹는다

호반의 도시 춘천
봄의 냇가
흐드러진 꽃들의 도시
물과 안개들의 춤 골

춘천에 인심 좋은
아지매들의 웃음

청춘들의 만남과 이별
춘천은 젊음의 섬
꽃과 물과 안개와 사랑과 이별의 도시

담백하고 매콤한
막국수의 도시

위로와 생명의 강과 산
가을과 봄의 도시

목마르다

지난밤의 어둠 속
별빛 빛나고
산정에 바람 불더니

잎새 타는 태양 아래
여기 이렇게 팔 벌리노니
목마르다

넘치는 땀 흐르는 물 쏟는 피
여기 너를 위함이니

내 고통
여기 갈보리 언덕

죄 욕심 질투 교만
내려놓고

지하 수맥으로 흐르는
침잠의 시간

긴 기다림
침묵의 시간

목마르다

함께 자리한
도적들의 눈빛
원죄의 시간

어머니 봄입니다

어머니
서걱대던 바닷물
잦아져 멀어진 갯가에

물새들 한가히 노닐고

햇살 오롯이 내리는
들판에 종달새 힘껏
날아오릅니다

어머니 봄입니다
얼마나 긴 겨울이었습니까?

그토록 추운 겨울
언 땅에 기다리신
아련한 시간입니까

마른 가지에 스치는
북풍한설
치 떨리는 외로움 너머

여기 백목련 우아히
피었습니다

어머니 봄비가 옵니다
거친 대지를 적시는 비는 생명을 살리려
이 땅에 내립니다

산수유 매화 개나리 진달래 자목련

흐드러진 우리 반 아이들의 환호, 혼곤한 졸음
화안히 새싹들 피어나고 꽃 피고

꽃잎들 이제 비바람에 흩어집니다
절정의 바램으로 피어

비에 난분분 지는 꽃잎은
때가 되어 튼실한 열매
오롯한 우주로 영글겠지요

어머니 가는 봄은 겨울로 다시 오겠지요

내 영혼의 위안과 울림

시인을 '잠수함의 토끼'라고 《25시》의 작가 게오르규(C. V. Gheorghiu)는 말했습니다. 잠수함이 어느 정도 깊이 들어갈 수 있으며 얼마나 오래 머물 수 있는가를 가늠하는 시험동물로 토끼가 활용되었습니다. 인간 대신 토끼가 위험을 예측하도록 한 것입니다. 시인은 토끼처럼 시대의 공기와 상황을 예민하게 탐지하고 예언하고 노래하는 역할을 갖습니다. 오늘날 시는 시대의 흐름과 변화를 느끼며 예언해야 함과 동시에 인간 본연의 실존과 본질을 궁구하고 꿈을 제시하는 역할을 함께 갖습니다.

시는 한계 상황의 토끼 같은 기능을 갖지만 동시에 우리 일상과 무의식의 심원이기도 합니다.

어린 시절 시에 눈뜨게 해준 중학교 국어책의 한 시인의 시구(詩句)가 늘 귀에 맴돕니다.

아지랑이 아롱아롱/ 피어오르는 하늘가로/ 노고지리 높이 떠/ 지저귀고 싶은 것은/ 봄바람의 미소가 속삭이기 때문

시는 우리의 어린 시절의 고향이며, 유년시절 달리던 시골길입니다. 시는 들길을 건너 달리던 시냇물이며 우리의 고향이자 안식처입니다. 평상에 앉아 나물을 고르시며 부르시던 어머님의 잔잔한 노랫가락이며, 아름다운 노을 지고 오신 아버님의 너른 가슴입니다. 시는 내 영혼의 위안과 울림입니다. 그것은 또 극한의 마지막 시간에 나를 견디며 지탱해 주는 기도문이며 화두며 주문 같은 것이며 옹알이입니다.

이 땅에 사는 동안 풍성한 은혜로 채워 주신 하나님의 크신 사랑에 감사, 영광을 돌립니다. 항상 기도와 사랑으로 함께한 아내 김정진 교수와 아들 현빈, 현보에게 감사드립니다. 늘 후원해 주시는 누님, 형님, 동생 가족께도 감사드립니다.

귀한 시평을 해주신 서승석 박사님과 유혜목 교수

님께 감사드립니다. 시평에 어울리는 삶을 더 열심히 살고, 더 깊은 성찰의 시를 더 잘 감당하도록 노력하겠습니다.

2017년 8월 25일

김홍섭

김홍섭 시인은 초등학교 때 동시를 쓰고 시골 중학교 백일장 때 장원을 해 문학의 꿈을 두다가 대학시절 신문, 교지에 시와 글을 투고하였다. 건군 34주년 기념 〈전우신문〉 시 부문에 입상하고, 시인(〈문학세계〉)과 수필가(세계한인문협, 〈중앙일보〉 밴쿠버)로 등단하여 신문과 잡지에 시와 칼럼을 기고하고 있다. 시집 《오후의 한때가 오거든 그대여》, 《나의 비전경영》 등 다수의 책을 출간하였다. 인천시 물류연구회 회장, 한국항만경제학회 회장, 한국마케팅학회 부회장, CBMC인천연합 회장, 기독경영연구원(KOCAM) 부원장, 기독교윤리실천운동 이사, 기업경영학회 부회장, 기독학문학회 부회장 등을 역임했다. 성균관대와 서울대 대학원에서 경영학을 공부하고 해양수산개발원에서 부연구위원으로 일했으며, 캐나다 TWU(Trinity Western Univ.)에서 교환교수를 지냈다. 현재 인천대 교수로 재직 중이며, 시와 문학을 경영과 삶의 현장에서 이해하고 적용하는 데 관심을 갖고 있다.